অচিন দেশের অচিন কথা

সুবোধ পাল

মুখবন্ধ

প্রত্যেক মানুষের ছোটবেলা নানা ঘটনায় সমৃদ্ধ। কিন্তু বয়স বাড়ার সঙ্গে সঙ্গে সেই ঘটনা বা সুন্দর স্মৃতিগুলোতে বিস্মৃতির প্রলেপ পড়তে থাকে। কখন কখন হয়তো সেইসব ঘটনা মনে পরে এবং অপূর্ব এক আনন্দে মনটা ভরে ওঠে। কিন্তু বেশিরভাগ ক্ষেত্রে সেইসব ঘটনা বিস্মৃতির অতলে তলিয়ে যায়ে। আমি সেইসব বিভিন্ন ঘটনা লিপিবদ্ধ করে সকলের কাছে উপস্থাপন করার চেষ্টা করেছি। আশাকরি এইসব আপাত গুরুত্বহীন কথা প্রত্যেক পাঠকের জীবনের ঘটনার সঙ্গে মিলে যাবে। পাঠকের যতই বয়স বাড়বে তার জীবনের কিছু ঘটনা তাকে মনে করাবে আর এক অনাবিল আনন্দ তার মনে অনুরণিত হবে।

বিনীত

সুবোধ কুমার পাল

সূচীপত্র

সোনাই দাদা	1
গন্ধরাজ	4
স্বাধীনতা দিবস	9
অ্যাকুয়ারিয়াম	13
মুক্তি	16
দাদুর কেঁছো	19
টমি	22
কাঁঠাল চোর	25
গাড়ি চালানো শেখা	29
বিশ্বকর্মা	32
পুচকু	35
দানাদার	42
ট্রেকিং	47
ঢং ঢং দাদা	53
আইসক্রিম	58
টেলিস্কোপ	61
গ্লানী	64
দামাল ছেলে	69

মাছ ও ঢোরা সাপ   72

বীরত্ব   75

সিনেমা দেখা   78

সোনাই দাদা

শুভবাবু অর্থাৎ শুভপ্রশন্ন অপ্রীতিকর বৃদ্ধ। তার একমাত্র ছেলের ঘরের নাতির বড়ো আদরের ঠাকুরদাদা। এখনকার সময়ে ঠাকুরদাদাকে কেউ আর ঠাকুরদা বলে সম্বোধন করে না বা ডাকে না। শুভবাবুর নাতিও ঠাকুরদা বলেনা। বলে দাদা। আর শুভবাবুও তাঁর নাতিকে আদর করে বলেন সোনাই দাদা। আর সোনাই দাদাও এই ডাকে বড়োই খুশি হয়। মিষ্টি করে উত্তর দেয়,

- এইতো আমি, তোমার সোনাই দাদা।

ও বড়োই গল্প পাগল। এখনকার কালে গল্প বলা বা গল্প শোনার চলটাই উঠে যেতে বসেছে। সারা পৃথিবীতে এখন একটাই চল হয়েছে, মায়েরা বাবারা বাচ্চাকে টিভি বা মোবাইলের সামনে বসিয়ে দিয়ে কার্টুন চালিয়ে দেয়। বাচ্চারাও গল্প বলার জন্য তাগাদা দেয়না। সারা পৃথিবীতে একই চিত্র। সেটা আমেরিকা হোক কিংবা ইউরোপ বা ভারতবর্ষ। কিন্তু শুভবাবুর নাতি গল্প শোনার জন্য পাগল। পড়াশোনার পর তার গল্প শোনা চাই চাই।

- দাদা গল্প বলো।

- পড়া হয়ে গেছে?

- হ্যাঁ। আজ কিন্তু অনেক গল্প শুনবো।

- দু তিন ঘন্টা ধরে গল্প শুনতে পারবি? শুভবাবু জিজ্ঞাসা করেন।

- হ্যাঁ শুনবো, সোনাই দাদা উত্তর করে।

- তুমি কিন্তু তোমার ছোট বেলার গল্প, বাবাইয়ের ছোট বেলার গল্প বলবে।

- কেন সোনার কাঠি, রুপোর কাঠি, বেঙ্গমা ব্যাঙ্গমীর গল্প, রাজপুত্রের গল্প শুনবিনা? শুভবাবু জিজ্ঞাসা করেন।

- না ওসব গল্প সবাই বলে। সবাই জানে। তুমি তোমাদের কথা বলো। ছোট বেলার কথা।

- বেশ তবে অনেকক্ষণ ধরে শুনতে হবে কিন্তু, ধৈর্য ধরে।

- হ্যাঁ হ্যাঁ তাই হবে, তুমি শুরু তো করো।

- তবে শুরু করছি।

-হ্যাঁ করো করো।

গন্ধরাজ

দীপ ছোট্টো ছেলে। সাত আট বছর হবে। দেশের বাড়িতে এসেছে। কিছুদিন থাকবে। দেশের বাড়িতে ভারি মজা। ইচ্ছামত বাগানে জঙ্গলে ঘুরে বেড়ানো যায়। বাগানের হেতা হোথা টুনটুনি পাখির বাসা দেখা যায়। শালিকের ডাক শোনা যায়। চড়ুই পাখির ঝগড়া দেখা যায়। দীপের মা রোজ বিকালে নদীর ঘাটে গা ধুতে আর জল আনতে যায়। আজও যাচ্ছে আর দীপ মায়ের পিছু নিয়েছে। নদীর ঘাটে যাবার পথে পালমশাইদের হাঁড়ি কলসী পোড়াবার পুনশেল পরে, মানে যেখানে হাঁড়ি কলসী পোড়ানো হয়। পুনশেলের ভেতর থেকে ধোয়া উঠছে। পাশের বাতাবি

লেবুর গাছে অজস্র ফুল ফুটেছে। চারিদিকে লেবুফুলের গন্ধে ম ম করছে। মায়ের আঁচল ধরে দীপ এগিয়ে চলে। পথের পাশে একটা গন্ধরাজ গাছ। ফুলে ফুলে ভোরে গেছে।

- মা, একটা ফুল পেরে দাও না।

মা হেমঙ্গিনী গাছে কিছুটা উঠে দুটো ফুল পেরে দেয়। ফুল পেয়ে দীপ মহা খুশি। হেমঙ্গিনী নদীর ঘাটে গা ধোয়, কলসীতে জল নেয়। আর দীপ পাড়ে দাড়িয়ে কলসীর খাপ নদীর জলে ভেসে যেতে দেখে। আর দেখে খাপের ওপর দুটো সাদা বক, একটা মাছরাঙা মাছ খুঁজে বেড়াচ্ছে। দীপ ভাবে সে যদি কোনো মাছ ধরা পাখি হতো তবে কলসীর খাপে মাছ খুঁজতে পারত। মায়ের স্নান হয়ে গেলে দীপ মায়ের কাপড়ের কোনা ধরে বাড়ির দিকে চলল। দেশের দিনগুলো ভালোই চলছিল। এমনিকরে পায়ে পায়ে দীপের বাবার ছুটি শেষ হয়ে গেল। ওরা বাবার কর্মক্ষেত্রে ফিরে

এল।

পরের বছর দীপরা আবার ছুটিতে দেশে এল। হেমঙ্গিনী দেবী বিকালে চলেছেন নদীর ঘাটে। দীপ যথারীতি মায়ের আঁচল ধরে পিছন পিছন চলছে। হঠাৎ দীপ মায়ের আঁচলের খুট ছেড়ে দাড়িয়ে পড়ে। মা বলেন,

- কি হলো দীপু?

- মা গন্ধরাজ গাছটা আর নেই।

ছোট্টো দীপ ওখানেই দাড়িয়ে যায়ে। তার পা আর এগোয় না। মনে হয় তার কি যেন হারিয়ে গেছে। মা বলেন,

- চল দীপু দেরী হয়ে যাচ্ছে।

দীপের পা এগোয়ে না। মা বলেন,

- দীপু তুই তাহলে এখানে দাঁড়া আমি চট করে নদী থেকে আসছি।

দীপু চুপটি করে কাটা গন্ধরাজের গুঁড়ির দিকে তাকিয়ে দাঁড়িয়ে থাকে। হেমঙ্গিনী এসে দেখে দীপ ছলছল চোখে গন্ধরাজের গুঁড়ির কাছে দাঁড়িয়ে। মা জলের কলসীটা নামিয়ে রেখে আদর করে ভিজে আঁচল দিয়ে চোখ মুছিয়ে দিয়ে বললেন,

- বোকা ছেলে এর জন্য কেউ কাঁদে? দেখবি সামনের বছর গন্ধরাজ গাছটা আরো ঝাড় বেঁধে বড় হয়েছে, অনেক ফুল ফুটেছে।

দীপ ছুটির শেষে বাবা মায়ের সঙ্গে ফিরে আসে। পরের বছর গ্রীষ্মের ছুটিতে দীপরা আবার দেশের বাড়িতে বেড়াতে আসে। দীপ এসেই ছুট লাগায় গন্ধরাজ গাছ দেখতে। মা হেমঙ্গিনী ছেলের পিছুপিছু ছুটে যায়ে। দীপ এক ছুটে গন্ধরাজ গাছের কাছে এসে দাড়ায়। গাছটা আরো ঝাড় বেঁধেছে, প্রচুর ফুলে ভোরে গেছে। মা বললেন,

- কি রে দীপু বলেছিলামনা।

দীপ একগাল হেঁসে মায়ের আঁচলে মুখ লুকায়।

- কি সোনাই দাদা, কেমন লাগল গন্ধরাজের গল্প?

- খুব ভালো, তারপরেরটা বলো।

- বলছি।

স্বাধীনতা দিবস

ছোটদের কাছে স্বাধীনতা দিবস মানে সকালবেলা স্কুল যাওয়া। স্বাধীনতার পতাকা ওড়ানোর সময়ে অভিবাদন করা। আর সবশেষে দুটো লজেন্স আর কমলালেবু খেতে খেতে বাড়ি ফেরা।   অভিও কেমলালেবু খেতে খেতে বাড়ি এল। কিন্তু বাড়ি ফিরে সে হতবাক হয়ে গেল। দেখল তার সাধের বাঘা, মানে পোষা বেড়াল, মরণাপন্ন হয়ে বাড়ির নিমগাছটির তলায় শুয়ে। মাঝে মাঝে তার সারা শরীরে খিঁচুনি হচ্ছে। সে হাউমাউ করে কেঁদে উঠল। কান্না

শুনে তার মা বোনেরা ছুটে এলো। অভিকে সান্ত্বনা দিতে থাকল। মা বলল,

- ভাবিস না অভি, বাঘা ভালো হয়ে যাবে।

অভির বিশ্বাস হয়না। সে বাঘার মাথায় জল দেয়। মাথায় জল পড়ার পর আবিষ্কার হল বাঘার মাথায় মস্ত বড় গর্ত। কেউ হয়তো ভারি জিনিস দিয়ে আঘাত করেছে। অভি সেই ছোটবেলায় রাস্তার ওপারের এক বাড়ি থেকে ছোট্ট হলুদ রঙা বেড়াল ছানাকে নিয়ে এসেছিল। ধীরে ধীরে সেই বেড়াল ছানা বড় সড় হয়ে উঠলো। আদর করে অভি নাম দিল বাঘা। বাঘা বেড়াল। সে ভারি দুষ্টু হয়ে উঠেছিল। আশেপাশের বাড়িতে ঢুকে থালা উল্টে মাছ দুধ খেয়ে আসতো। অথচ নিজের বাড়িতে খুবই শান্ত হয়ে থাকত। রান্নাঘরের সামনে চুপটি করে বসে থাকত। কোনো কিছুতেই মুখ দিত না। কে বলবে অন্য জায়গায় ও এত দুষ্টুমি করতো। সবাই বাঘার বিরুদ্ধে অভিযোগ করত।

অভির মনটা বাঘার জন্য হু হু করে উঠল। সে কাউকে কিছু না বলে ছুট লাগলো। এক ছুটে রবি ডাক্তারের চেম্বারে চলে গেল।

- ডাক্তারবাবু আমাদের বাড়ি একটু যাবেন?

- কেন কি হয়েছে? ডাক্তারবাবু জিজ্ঞাসা করেন।

- আমার বেড়ালটা না মড়ার মত শুয়ে আছে। আর মাঝে মাঝে খিঁচুনি হচ্ছে।

ডাক্তারবাবু তো হেঁসেই বাঁচেনা বলেন,

- ওরে আমি মানুষের ডাক্তার। বেড়াল কুকুরদের ওষুধ কি করে দেব বাবা। তুই এক কাজ করিস, আর একটা বেড়াল পুষে নিস্।

কি আর করে, অভি বিফল মনে বাড়ি ফিরে আসে। বাড়ি এসে দেখে তার সাধের বেড়ালের দেহে আর প্রাণ নেই। সে এক দৃষ্টিতে প্রাণহীন বাঘার দিকে তাকিয়ে রইল। মনে

হল সারা বিশ্ব সংসার কি নিষ্ঠুর। তার হাতে ধরা স্বাধীনতা উৎসবে পাওয়া আধ খাওয়া কামলালেবুটা ছুড়ে বাড়ির পেছনের জঙ্গলে ফেলে দেয়। ছুট্টে গিয়ে বিছানার বালিশে মুখ গুঁজে ফুঁপিয়ে ফুপিঁয়ে কাঁদতে থাকে।

অ্যাকুয়ারিয়াম

অনির এখন পাঁচ বছর বয়েস। সে তার বাবাকে আদর করে এক লাল নীল মাছের অ্যাকুয়ারিয়াম কেনার জন্য বায়না ধরেছে। বাবাও কি করে, ছেলের ভালোবাসার দাবি রাখতে ছুটল বিগ বাজার। স্ত্রী আর ছেলেকেও সঙ্গে নিল। দেখে শুনে এক বড়োসড় অ্যাকুয়ারিয়াম কিনে বাড়ি নিয়ে এল। সঙ্গে কিছু মাছ ও। গোল্ড ফিশ, টেট্রা ফিশ, এঞ্জেল ইত্যাদি। লোক এল। মাছের অ্যাকুয়ারিয়াম সুন্দর করে সাজিয়ে দিল। ভালই দিন কাটছিল। করোনা ভাইরাসের আক্রমণ শুরু হল। মানুষের মেলামেশা বন্ধ। হেথা হোথা যাতায়াত বন্ধ। জীবন দুর্বিসহ। এমতাবস্থায় অ্যাকুয়ারিয়াম

খুব কাজের হল। মাছ দেখে সময় কেটে যেত। খাওয়ার ফাঁকে মাছেদের সঙ্গে খেলা করা, মাছেদের খেতে দেওয়া। সময় কেটে যেতে থাকে। স্কুল বন্ধ, খেলাস্থল বন্ধ, অফিস কাছারি বন্ধ। সকলে গৃহবন্দি। বছর দেড়েক ভালই চললো অনির। হঠাৎ একদিন সকালবেলায় সে অ্যাকুয়ারিয়ামের সামনে দাড়িয়ে চিৎকার করে কেঁদে উঠল।,

- বাবায়ু, মাম্মাম, একটা গোল্ড ফিশ মরে গেছে।

তার কান্না আর থামানো যায় না। তাকে কিছুতেই কেউ বোঝাতে পারেনা যে মাছের আয়ু খুব কম। অনি ভেবেছিল মাছেরা কখনই মরবে না। ওরা চিরদিন বেঁচে থাকবে। তারপর দেখা গেল পরপর অনেকগুলো মাছ মারা গেল। অনি অবাক হয়ে গেল অ্যাকুয়ারিয়াম প্রায় ফাঁকা হয়ে গেল। অনির বাবা মা তাকে বোঝাতে থাকল মাছেরা বেশিদিন বাঁচে না। বেশ কিছুদিন অনি আর মাছ কেনার

জন্য বায়না করেনা। অনি এখন বুঝতে শিখেছে যে মাছেদের আয়ু অল্প। এখন অ্যাকুয়ারিয়ামে অল্প কিছু মাছ আছে। সে এখন তাদের সঙ্গেই খেলে, কথা বলে। আর কোন মাছ মরলে বলে,

- বাবায়ু একটা মাছ মরে গেছে। ওটাকে ফেলে দাও, না হলে অন্য মাছও মারা যাবে।

সে এখন বড় হয়েছে। বয়স তার সাত বছর।

মুক্তি

অনি এখন আর একটু বড় হয়েছে। প্রায় আট বছর হল। সে এখন অনেক বুঝদার হয়েছে। অনির বাবা ভাবল ছেলেতো এখন অনেকটাই বোঝবার মত হয়েছে। একদিন ওর বাবা পাখি বাজার থেকে খাঁচাসহ দুটো বদ্রি পাখি কিনে নিয়ে এল। প্রথম প্রথম অনি খুব খুশি হল। কিন্তু পাখিটা সে ধরতে পারেনা, পাখিটাকে সে খেতে দিতে পারেনা। সবাই বলে,

- তুই পারবিনা। খাঁচায়ে হাত দিস না দরজা খুলে গেলে পাখি উড়ে যাবে।

পাখির খাঁচাটা সবসময় বারান্দার ছাদের সঙ্গে ঝোলানো থাকত। পাখিগুলো অনিকে দেখলেই কিচির মিচির করত। ডানা ঝাপটাতো। লাফালাফি করত। সবাই বলত পাখি দুটো অনিকে চিনে গেছে। কিন্তু অনির ওসব বিশ্বাস হতনা। তার মনে হত পাখিরা আকাশে ওড়ার জন্য ঝটপট করছে। একদিন ভুলক্রমে খাঁচাটাকে বারান্দায় নিচে রাখছিল। অনি দেখল কেউ কোথাও নেই। সে গুটিগুটি খাঁচার কাছে যায়। পাখিদুটো ছটফট করতে থাকে। অনি আস্তে করে খাঁচার দরজা খুলে দেয়। পাখি দুটো প্রথমে কিছু বুঝতে পারেনা শেষে দরজা খোলা পেয়ে বাইরে বেরিয়ে আসে। বারান্দায় দুএকবার ডানা ঝাপটায়। শেষে সা করে আম গাছের ডালে। তারপর সোজা আকাশে মিলিয়ে যায়। ইতিমধ্যে অনির বাবার খেয়াল হল খাঁচাটা নিচে রাখা। উপরে ঝোলান হয়নি। অনির বাবা হনতদন্ত হয়ে আসে।

- একি খাঁচার দরজা খোলা কেন?

আর দেখল অনি চুপটি করে খাঁচার একটু দূরে দাড়িয়ে। বাবাকে দেখে সে বলে,

- বাবাইয়া আমি খাঁচার দরজা খুলে দিয়েছি। ওরা না বাইরে বেরবার জন্য ছটফট করছিল। আমি ওদের বেরবার জন্য দরজা খুলে দিয়েছি। ওরা ওই আকাশে উড়ে গেছে, ভাল করেছিনা?

বাবা ওকে আদর করে কাছে টেনে নেয়। মনে এক অদ্ভুত প্রশান্তি অনুভূত হয়। ছেলের জড়িয়ে ধরে আদর করতে করতে বলে,

- খুব ভাল কাজ করেছ বাবা। আমিই অবুঝের মত কাজ করেছিলাম। তোমাকে আশীর্বাদ করছি তুমি এরকমই থেকো।

দাদুর কেঁচ্ছা

দাদু নাতির সম্পর্ক চিরকালই এক আনন্দ মধুর। দাদুর বয়স মোটামুটি সত্তর হবে আর নাতি বারো তেরোর হবে। দাদু নিজের বাড়ির কাঁঠাল গাছের কাঁঠাল পাড়তে চলেছে, সঙ্গে নাতি বিহারী। দাদু ঝপাং করে কাঁঠাল গাছ জড়িয়ে ধরে উপরে ওঠার চেষ্টা করতে থাকে। কিন্তু একটুও উপরে চড়তে পারছেনা। আসলে বয়স, যা বাধা হয়ে দাড়িয়েছে। কাঁঠালগুলো কিছুটা ওপরে ছিল। বিহারী বলে চলেছে দাদু নামো, তুমি পারবেনা। এদিকে দাদুও নাছোড়বান্দা। তিনিও নামবেননা। কোনোমতে একটা কাঁঠাল ধরে বসেছেন। এদিকে নাতি বিহারী ছাড়বেনা।

দাদুকে নামাতে না পেরে সে দাদুর কাঁছা ধরে টান দিল। দাদু টাল সামলাতে না পেরে কাঁঠালসহ ধড়াস করে মাটিতে এসে পড়লো। দাদু পরে গিয়ে আর ওঠেনা। বিহারী ভয় পেয়ে গেল। দাদু উঠছেনা, দাদু বসেই আছে। বিহারী ভয়ে কেঁদেই উঠল। দাদু দেখল অনেক হয়েছে, উঠে দাড়িয়ে নাতিকে আশ্বস্ত করে বললেন,

- বোকা দাদা আমার কাঁদিসনা, আমার কিছুই হয়নি। দেখলাম তোকে ভয় দেখালে কেমন করিস। বোকা, ভাবলিনা এইটুকু উপর থেকে পড়লে কারও কিছু হয় নাকি?

বিহারীর ভয় দূর হয়। পরদিন দাদু এক কান্ড করলেন। তিনি একটা পুরনো ফুল প্যান্ট পরে দাদা, দাদা, বিহারী, বিহারী বলে হাকডাক শুরু করল। বিহারী দৌড়ে এল। দাদু বলতে থাকল,

- কি এবার কি টানবি? কি করে কাঁছা ধরে টানবি? ফুল প্যান্টের কাঁছাই নেই। দাদু হো হো করে হাঁসতে থাকল। বিহারীও হেঁসে কুটোপাটি খেয়ে বলল,

- ধুস, আমি খেলতে যাচ্ছি।

টমি

ও ছিল পথ কুকুর। গ্রামাঞ্চলে একটা সময় ছিল যখন কেউ বিদেশী কুকুর পুষতো না। সবার বাড়িতেই একটা করে কুকুর থাকত। তারা বাড়ির বারান্দায় থাকত। ওই পর্যন্তই তাদের গতিবিধি সীমাবদ্ধ থাকত। বাড়ির মানুষের এটোকাটাই তারা খেত। বর্তমানকালের মত কুকুরদের কোলে নিয়ে ঘুরতনা বা মাংস ভাত খাওয়াত না। কিন্তু ঐসব পথ কুকুরদের প্রভুভক্তি কোনো অংশে বিদেশী কুকুরদের চেয়ে কম ছিলনা। মনিমালাদেবীরও এই রকম একটি কুকুর ছিল। নাম দিয়েছিলেন টমি। টমি কে বল ছুঁড়ে দিলে দৌড়ে গিয়ে বল কুড়িয়ে নিয়ে আসত।

মনিমালাদেবী কোথাও গেলে টমি পিছুপিছু চলত। তাকে তাড়ালেও যেতনা। একবার মনিমালাদেবী ছেলে মেয়েদের নিয়ে বাপের বাড়ি গেলেন। টমিও তার পিছু নিল। কিছুতেই তাকে তাড়িয়ে বাড়ি পাঠানো গেলনা। মনিমালাদেবী ট্রেনে চেপে চলে গেলেন কিন্তু কুকুরটা বাড়ি ফিরলনা। সে না কি স্টেশন চত্বরেই ছিল। অন্য কুকুররা তাকে তারা করলেও সে স্টেশন চত্বর থেকে কোথাও যেতনা। মনিমালাদেবী বাপের বাড়ি থেকে ফিরে টমির খোঁজ করতে গিয়ে টমিকে খুঁজে পায় না। দিন দুয়েক বাদে টমি কে আবার দেখা গেল বারান্দায় শুয়ে আছে। মনিমালাদেবীকে দেখে লেজ নাড়তে থাকে। এরপর থেকে মনিমালাদেবী যখনি কোথাও যেতেন অবশ্যই টমি কে বলে যেতেন,

- টমি কোথাও যাসনে। এখুনি ফিরে আসবো বা বলতেন কালকে আসব।

টমি কি বুঝত সেই জানে। সে কিন্তু কোথাও যেতনা।

বারান্দায় শুয়ে বসে থাকত। আর কেউ আসলে

ঘাড় উঁচু করে তাকত।

কাঁঠাল চোর

শুভবাবুর ৬৫ কি ৬৬ বৎসর বয়স হবে। তার মায়ের বয়স ৮৪। মা দীর্ঘ রোগভোগের পর তার গতিবিধি একটা ঘরের মধ্যেই সীমাবদ্ধ। এইটুকুই পারেন যে এগিয়ে দিলে নিজেই বাথরুমে বসে স্নান করতে পারেন। প্রত্যহিক কাজ নিজেই সারতে পারেন। কখন কখন দিনের বেলায় বাইরের উঠানে এসে আম গাছের আম কত হয়েছে বা কাঁঠাল গাছে কাঁঠাল ধরেছে কিনা বা নারকেল গাছে নারকেল ইত্যাদি দেখেন। একদিন এক কান্ড ঘটে গেল। শুভবাবুর মায়ের এক সর্বক্ষণের দেখাশোনা করার লোক

ছিলেন। তিনি মা কে স্নান করানো, তার রান্নাবান্না করা ইত্যাদি করতেন। আবার বাড়ির ফল পাকুড় পেলে তা সবার নজর এড়িয়ে নিজের মানুষদের দিতেন। একদিন সকালবেলা হঠাৎ সে বললেন,

- মাসীমা জানেন গাছের দুটো কাঁঠাল চুরি হয়ে গেছে।

মা বললেন,

- কখন দেখলে?

- কাল রাতে যখন আমি বাজার থেকে ফিরছিলাম দেখলাম দুটো ছেলে বাড়ির মধ্যে থেকে বেরিয়ে যাচ্ছে। আজ দেখছি দুটো কাঁঠাল নেই।

শুভবাবুকে মা সব বৃত্তান্ত বললেন। শুভবাবু বললেন,

- কি বলব বলত। হাতে নাতে না ধরতে পারলে কাউকে কিছু বলা যায়?

শুভবাবু ভাবলেন এটা কাজের মহিলারই কাজ। সে নিজের মত করে গল্প বানাচ্ছে। এরপর শুভবাবু ভাবলেন গাছে আর কয়েকটা কাঁঠাল রয়েছে। ওগুলো কাজের লোকের ভোগে যাবে। উনি নিজে একদিন সবার অলক্ষ্যে রাতের বেলা তিনটে কাঁঠাল পেড়ে এনে নিজের ঘরে রেখে দিলেন। পরদিন কাজের মহিলা চিৎকার চেঁচামেচি আরম্ভ করল।

- মাসীমা দেখেছেন আর তিনটে কাঁঠাল চুরি হয়ে গেছে।

মা শুভ শুভ বলে ডাকতে থাকলেন। শুভবাবু মায়ের ঘরে ঢুকতেই কাজের মহিলা উত্তেজিতভাবে সব বৃত্তান্ত এক নিঃশ্বাসে বলে গেলেন। মা বললেন,

- শুভ দেখেছিস কি কান্ড।

শুভবাবু বললেন,

- বাঁচা গেল।

মা বললেন,

- বাঁচা গেল কেন?

- কাঁঠালগুলো নেই। চুরিরও কিছু রইলনা। বাঁচা গেল।

গাড়ি চালানো শেখা

শুভবাবুর ছেলে তখন খুবই ছোট। বছর সাতেকের হবে। ইংরাজি মাধ্যম স্কুলে দ্বিতীয় শ্রেণীর ছাত্র। তাঁর গাড়ি চালানোর খুব আগ্রহ। সেই জন্য সে সবার আগে স্কুল বাসে উঠে ড্রাইভারজীর কাছের সিটে বসত। ড্রাইভারজী কিভাবে কিভাবে গাড়ি চালাতেন তা নিবিষ্ট মনে লক্ষ্য করত। বাড়ি ফিরে মায়ের কাছ থেকে একটা হাঁড়ি চেয়ে নিত। হাঁড়িটাকে স্টিয়ারিং বানিয়ে চলত গাড়ি চালান। স্নান খাওয়ার আগ পর্যন্ত এই খেলাই চলত। শুভবাবু অফিস থেকে ফিরলে বিহারী তার দিদির আর বাবার মাঝখানটায়ে

নিঃশব্দে জায়গা দখল করে বসত। তারপর শুভবাবুকে বলত,

- বাবা আমি না গাড়ি চালান শিখে গেছি।

- কি করে?

- কেন আমি রোজ স্কুলে যাবার সময় ড্রাইভারজীর পাশে বসে দেখি ড্রাইভারজী কিভাবে গাড়ি চালায়। ড্রাইভারজীর পায়ের কাছে দুটো উঁচু উঁচু জিনিস থাকে। ড্রাইভারজী সে দুটো পা দিয়ে চেপে স্টিয়ারিং ঘোরায়ে আর তখন গাড়ি চলতে থাকে।

আসলে শিশুর ও যে একটা মন আছে। সেই মনের অভিব্যাক্তিও আছে। তবে তা ঠিক বড়দের মত নয়। ছোটরা যা চায়ে বড়রা তা নাও চাইতে পারে। ছোটরা যাতে আনন্দ পায় বড়রা তাতে আনন্দ নাও পেতে পারে। ছোটরা মাটি ঘাঁটতে ভালোবাসে। বালি কাদায় খেলা করতে ভালোবাসে। কিন্তু বড়রা কি এতে আনন্দ পাবে?

পাবে না। কিন্তু বড়দের উচিৎ ছোটদের চাওয়াকে গুরুত্ব দেওয়া। বিহারীর বাবা চেষ্টা করত ছেলের চাওয়াকে গুরুত্ব দিতে। সে এখন বড় হয়েছে। নিজের ইচ্ছাকে পূর্ণতা দিয়েছে। সে একটা মোটর গাড়ি কিনেছে। প্রথম গাড়ি ডেলিভারী নিয়ে সে শুভবাবুকে গাড়িতে ঘুরিয়ে আনে। বিহারীর ইচ্ছা পূরণ হয়।

বিশ্বকর্মা

বিহারীর ছোট ছোট যন্ত্র তৈরী করায় খুব আগ্রহ ছিল। শুভবাবু তাকে "নিজে কর" র বইয়ের কয়েক খন্ড কিনে দিয়েছিলেন। সেই বই দেখে কিছু কিছু ইলেক্ট্রনিক যন্ত্র তৈরির চেষ্টা করতে থাকল। সে তার বাবাকে দেখাত,

- দেখ বাবা, আমি হাত তালি দিলে টিভি চলতে আরন্ত করবে। বলেই সে হাত তালি দেয়।

সত্যিইতো টিভি স্টার্ট হয়ে গেল।। আবার হাতে তালি লাগলে টিভি বন্ধ হয়ে গেল। কোনোদিন শুভবাবু অফিস থেকে এলে বিহারী বাবাকে দেখাতো হাত তালি দিয়ে

পাখা চালু হল। আবার হাত তালি দিয়ে পাখা বন্ধ করে দিল। বা হাত তালি দিয়ে লাইট জ্বালাল আবার হাত তালি দিয়ে তা নেভাল।

সে আর একটু বড় হতে ইলেক্ট্রনিক যন্ত্রপাতি বানিয়ে বিজ্ঞান প্রদর্শনীতে অংশ নেওয়া শুরু করল। শুভবাবু আর তার দিদি ছিল তার উৎসাহদাতা। শিশুমনের ইচ্ছাকে সন্মান জানান সকলেরই অবশ্য কর্তব্য। কারণ ওরাইতো ভবিষ্যতের পৃথিবীর রক্ষাকর্তা।

একবার বিহারী এক যন্ত্র বানাল। যা নাকি জলের তলায়ে কোনো বিপদ বুঝলে জাহাজ আপনা আপনি দিক পরিবর্তন করবে। শুভবাবু সেই যন্ত্রের প্রদর্শনীর জন্য বড় গামলা কিনে আনল। সত্যি দেখা গেল প্রদর্শনীতে সেই যন্ত্র খুবই জনপ্রিয়তা অর্জন করেছিল। বিহারী তার বাবাকে যন্ত্রের কার্যকারিতা দেখিয়ে সব থেকে বেশি খুশি হল। এমনকি প্রদীশনীর কতৃপকক্ষের প্রশংসার থেকেও বেশি।

শুভবাবুর চোখ আনন্দে চিক চিক করে উঠল।

আঃ কি প্রশান্তি।

পুচকু

পুচকু এক বিড়াল ছানা। গুডুসোনার আবিষ্কার। গুডুদাদারা প্রতি সপ্তাহের মত বাবাইয়ার গাড়ি করে ইকো পার্ক যায়। সেখান থেকে সিটি সেন্টার টু তে আসে। সেখানে ঘোরা ফেরা করে নটা সাড়ে নটা নাগাদ বাড়ির দিকে রওনা দেয়। এপর্যন্ত ঠিকই ছিল। হঠাৎ গুডুদাদা বলে,

- বাবাই, মামমাম গাড়িতে বিড়াল ডাকছে কেন?

কিন্তু ওরা শুনতে পায় না। গুডুদাদা আবার বলে,

- দেখো একটা বিড়াল ডাকছে।

ওরা গাড়ির স্টার্ট বন্ধ করে রাস্তার পাশে দাঁড় করায়। হ্যাঁ, সত্যিতো একটা বিড়াল ডাকছে। কিন্তু কোন বিড়াল দেখা গেলনা। অনেক খোঁজাখুঁজি করল। কিন্তু কোথায় বিড়াল। না দেখতে পেয়ে ওরা বাড়ির দিকে রওনা দিল। সারাটা পথ মিউ মিউ ডাক শুনলো। বাড়ি এসে টর্চ জেলে অনেক খোঁজাখুঁজি করেও তাকে দেখা গেলনা। তখন ব্যার্থ হয়ে তারা গাড়ি গ্যারাজ করে সবাই খেয়ে দেয়ে শুয়ে পড়ল। গুড়ুদাদার দাদা রাতেই শুনেছিল, কিন্তু কোনো গুরুত্ব দেয়নি। সকালবেলায় তিনি ঘুম থেকে উঠে মিউ মিউ ডাক শুনে ভাবলেন - দেখিত কোথায় বেড়ালটা ডাকছে। প্রথমে ভেবেছিলেন গ্যারাজের ভেতর থেকে শব্দটা আসছে। অনেক খোঁজাখুঁজির পর দেখলেন বাড়ির জাম গাছের আড়ালে একটা ছোট্ট একমাসের বেড়াল ছানা। তাকে দাদা আদর করে ধরতে গেলেন। সে ফ্যাচ করে উঠল। কি জানি কামড়ে দেবে নাকি। অচেনা মানুষকে

ভরসা করতে পারছেনা। একটু পরেই শুভবাবু ছেলে বিহারীকে ডাকল। গুড়ুদাদা এল। তার মামমাম, গ্রানী সকলে এলেন। কিন্তু বিড়াল ছানাকে বাগে আনা গেলনা। কাছে গিয়ে ধরতে গেলেই ফ্যাচ করে উঠছে। তারপর একসময় দেখা গেল বেড়াল ছানাটা গাছের আড়াল থেকে বেরিয়ে এসে পাশের বাড়ির গ্যারাজে ঢুকেছে। সকলে মিলে তাকে দুধ খাওয়ানোর চেষ্টা করতে থাকল। সে একবার করে বেরিয়ে আসছে। আবার টুক করে গ্যারাজে ঢুকে যাচ্ছে। অবশেষে গুড়ুদাদার বাবাই ব্যার্থ হয়ে বাড়ি চলে আসে।

কিছুক্ষণবাদে পাশের বাড়ির শম্পা দেখা গেল বেড়াল ছানাটাকে কোলে করে নিয়ে এসেছে। ওর কোলে বেড়াল ছানাটি সত্যি চুপটি করে রয়েছে। শম্পা সত্যিকারের পশু প্রেমী। জীব জন্তু ভালোবাসে। বেড়াল ছানাটি খুবই ছোট। তাকে এখন সবসময়ই একটা ঝুড়ি চাপা দিয়ে রাখতে হচ্ছে। পাছে অন্য বেড়াল কুকুরে তাকে কামড়ে না মারে

বা রাস্তায় বেরিয়ে গাড়ি চাপা না পড়ে। ধীরে ধীরে ছানাটি বড় হয়ে ওঠে। শম্পা দুবেলা বাড়ি এসে ওকে দুধ খাইয়ে যায়। গুড্ডুদাদার এখন ভাল খেলার সঙ্গি হয়েছে। স্কুল থেকে এসে বা ছুটির দিনে ওকে ছাদে নিয়ে গিয়ে দৌড়া দৌড়ি খেলা করা চাই চাই। সঙ্গে অবশ্য বড়রা কেউ থাকে। এখন পুচকুকে আর ঝুড়ি চাপা দিয়ে রাখতে হয়না। তার এখন দুটো বাড়ি হয়েছে। সে কখনো এ বাড়ি কখন শম্পাদের বাড়িতে ঘোরাঘুরি করে। তাকে মাঝে মাঝেই গুড্ডুদাদার আবদারে ধরে আনতে হয়। সে ভারি দুষ্টু হয়েছে। তার দুষ্টুমি হচ্ছে বিহারীর সাধের সোফাতে নখ ধার করা। সুযোগ পেলেই সে খুট খুট করে সোফায় নখ ঘসে। ভারি দুষ্টু। তখন সবাই পুচকুকে তারা দেয়। গুড্ডুদাদা বলে প্লিজ পুচকুকে মেরোনা বোকোনা।

ভালই দিন চলছিল। গুড্ডুদাদা তাকে জুতোর বাক্সে শোবার জায়গা করে দিয়েছিল। সে ঘুরে ফিরে এসে নিজের শোবার জায়গায় শুয়ে পড়ত। কিন্তু একদিন দেখা গেল

সে শোবার জায়গা থেকে উঠছেনা, কিছু খাচ্ছেও না। গুডুদাদার খুব মন খারাপ। বেড়ালটাকি স্টার হয়ে যাবে? দাদাকে বলে,

- দাদা ওকে ওষুধ দাও। ও যেন ভাল হয়ে যায়।

দাদা যথাসাদ্ধ চেষ্টা করতে থাকে। কিন্তু কিছুতেই ও খাচ্ছে না উঠছেনা। একদিন দেখা গেল সারা ঘরময় বমি করেছে আর পায়খানা করেছে। গুডুদাদা বলে,

- দাদা তুমি একটু দেখোনা।

কি আর করে, দাদা তার বমি পায়খানা পরিক্ষার করতে থাকে। কিন্তু কিছুতেই কিছু হচ্ছেনা। গুডুদাদার বাবাই তখন পশুর ডাক্তারের সঙ্গে পরামর্শ করে এলোপ্যাথি ওষুধ নিয়ে এসে ওকে ধরে জোর করে খাওয়াতে থাকে।

তিনদিনেই বেড়াল ছানাটি কিছু না খেয়ে একেবারে যারপরনাই রোগা হয়ে যায়। চতুর্থ দিনে পুচকু শোয়া

থেকে বাইরে উঠে আসে। সবাই একটু হাঁফ ছেড়ে বাঁচে কারণ গুডুদাদা প্রায় নাওয়া খাওয়া ভুলেছে।

সবাই একটু অন্যমনস্ক। হঠাৎ দেখল বেড়াল ছানাটি নেই। খোঁজ খোঁজ। কিন্তু কোথাও তাকে পাওয়া গেলনা। একদিন যায় দুদিন যায়। পুচকুকে দেখা যায়না। গুডুদাদার মন খুব খারাপ। কিছুতেই তাকে বোঝানো যাচ্ছেনা। দাদা বলছেন,

- সোনাই দাদা আমি আর একটা বেড়াল এনে দেব।

- তুমি পারবেনা। দেখছ ওকে কি সুন্দর দেখতে। সাদা তার মধ্যে কমলা, হলুদ স্পট। আমার ওকেই চাই।

- কিন্তু ওকে কি করে এনে দেব দাদা? ওকে তো দেখতেই পারছিনা।

দাদা শুধুই খাবার নিয়ে রোজ ডাকেন,

- আয় পুচকু আয়।

বাগানে জান, ছাদে যান। কিন্তু কোথায় পুচকু। গুডুদাদা পুচকুর জন্য কেঁদে ফেলে। বলে,

- ওকে সবাই বকে। সেই জন্য ও চলে গেছে।

এমন সময় তৃতীয় দিনে গুডুদাদার দাদা এমনি রোজকার মত বেড়ালের খাওয়ার জায়গায় খাবার রেখে দিয়ে উনি অন্য কাজে চলে গেলেন। হঠাৎ গুডুদাদা চিৎকার করে হাকডাক আরম্ভ করল,

- দাদা, বাবাইয়া মামমাম, গ্রানী দেখে যাও পুচকু ফিরে এসেছে।

সবাই হন্তদন্ত হয়ে ছুটে এসে দেখে সত্যি পুচকু খাচ্ছে। সোনাই দাদার মুখে একগাল হাঁসি। পরমস্নেহে সে বলতে থাকল,

- আয় পুচকু আয় আয় আয়।

দানাদার

অভিজিৎ উঠানে একা একা দৌড়া দৌড়ি করছে। কাউকে না পেয়ে নিজেই নিজের সঙ্গে খেলছে। কখন লাঠি নিয়ে তরবারি লড়াই খেলছে। কখন সেই লাঠিই বেত হয়ে উঠে ছাত্রদের ভয় দেখাচ্ছে। এমন সময় এক মাঝ বয়সি ভদ্রলোক তার হাত টেনে ধরে। বলে,

- কি দাদু আমায় চিনতে পারছো?

ভদ্রলোকের মাথায় টাক। বিরল কেশ। একটু মোটাসোটা ছোটোখাটো চেহারা। শরীরটা একটু সামনে ঝোঁকা, কাঁধে

গামছা। অভিজিৎ এর বাবার ছোট কাকা, অর্থাৎ অভিজিৎ এর ছোড় দাদু বা তার ছোট ঠাকুরদা। ওনার সাথে অভিজিৎ এর নৈকট্য না থাকলেও স্নেহের সম্পর্ক ছিল। যখন জ্যাঠা কাকারা হাটে যেতেন ব্যাবসার কাজে তখন ছোট ঠাকুরদাও যেতেন একই সঙ্গে।

একদিনকার কথা, সকলে মিলে হাটে চলেছেন। সেইদিন ছোট ঠাকুরদাও ছিলেন। অভিজিৎও ছিল। সারাদিন হাটের এদিক ওদিক ঘুরে বেড়িয়েছে অভিজিৎ। সন্ধ্যায় সকলের সঙ্গে বাড়ি ফিরছিল। পাশে বসেছিলেন ছোট ঠাকুরদাদা। তিনি থলে থেকে একটা পদ্ম পাতায় মোড়া পুটুলি বার করলেন। অভিজিৎ এর হাতে দিয়ে বললেন,

- দাদু এতে দানাদার আছে, নেও। বাড়ি গিয়ে খেও।

অভিজিৎ ছিল কিছুটা লাজুক প্রকৃতির। জিনিষটা নিতে চাইছিল না। ঠাকুরদা বললেন,

- নাও দাদু। আমি না তোমার দাদু। দাদু কিছু দিলে, না বলতে নেই।

সঙ্গের দাদারা ইশারায় নিতে বলে।

- থ্যাংক ইউ দাদু।

দাদু বললেন,

- না দাদু, আমাকে থ্যাংক ইউ বলে না। কাছের মানুষরা কিছু দিলে থ্যাংক ইউ বলেনা। বুঝলে?

অভিজিৎ মাথা হেলায় আর জিনিসটা হাতেই রেখে দেয়। বাড়ি ফিরে মায়ের হাতে দিয়ে বলে,

- মা ছোড় দাদু দিয়েছে।

মা আনন্দ পায়, ছেলের মনোভাবে। অভিজিৎ যাই করুক বা যাই খাক মায়ের অজান্তে কিছুই করেনা। এজন্য সকলে তাকে বলত মায়ের বাধ্য ছেলে।

কয়েকদিন হল অভিজিৎরা দেশের বাড়ি থেকে কলকাতার বাড়িতে ফিরে এসেছে। ফিরে আসতে অভিজিৎ এর মন চাইত না কারণ খেলা করার অবাধ স্বাধীনতা সে কলকাতার বাড়িতে পেত না। সবই ঠিকঠাক চলছিল। বাবার অফিস যাওয়া, নিজের স্কুল যাওয়া ইত্যাদি। হঠাৎ একদিন সন্ধ্যাবেলায় বাবা অফিস থেকে এলেন। মায়ের সাথে কিছু কথা বললেন, তারপরই অভিজিৎ দেখল তার মা রান্না করা মাছ, তরকারি রাস্তার নর্দমায় ফেলে দিচ্ছেন। সে তো জানেই না তার সেই ছোট ঠাকুরদাদা আর নেই। মা নতুন করে আবার রান্না করলেন। খেতে বসে অভিজিৎ মা কে জিজ্ঞাসা করে,

- মা, খাবার ফেলে দিলে কেন?

মা বললেন,

- তোমার ছোট ঠাকুরদা আর নেই রে সোনা।

- মা নেই মানে কি?

- তোমার ছোট ঠাকুরদা মারা গেছেন।।

- মা তাহলে কি ছোড় দাদুকে আর কোনদিন দেখতে পাবনা?

মা এর কি উত্তর দেবেন, চুপ করেই থাকেন। অভিজিৎ এর ছোট ঠাকুরদার মুখ মনে পড়েনা কিন্তু দানাদারের কথাটা সে ভুলতে পারেনা।

ট্রেকিং

গুড়ুদাদা কোথায় চললে এত সকালে? গ্রানী তার নাতিকে জিজ্ঞাসা করেন।

- আরে ট্রেকিং করতে যাচ্ছি।

- কোথায়? আমাদের খেলার মাঠে।

- আরে ধুর, তোমাকে কালকে বললামনা আমি, বাবাইয়া আর মামমাম সিকিমের সিলিরি গাঁও যাচ্ছি। দেখছনা আমাদের কত বড় ব্যাগ।

- তা এত সকালে কেন? গ্রানী জিজ্ঞাসা করেন।

- আরে আমরাতো প্লেনে করে যাব। প্লেন তো সকাল বেলায় ছাড়বে।

গুড্ডু দাদারা চলল সিকিমে, সিলিরি গাঁও। এখান থেকে প্লেনে বাগডোগরা। সেখান থেকে শিলিগুড়ি হয়ে সেবক হয়ে বাই রোড ধরে সিলিরি গাঁও।

দুপুর দুপুর সিলিরি গাঁও পৌঁছানো গেল। ভীষণ ঠান্ডা। ডিসেম্বর মাসের শেষ সপ্তাহ। ঠান্ডায় হাড় কেঁপে যাচ্ছে। হোটেল আগে থেকেই বুক করা ছিল। হোটেলে পৌঁছে গরম জলে স্নান সেরে ভাল জম্পেশ পোশাক পরে নিল সকলে। গুড্ডুদাদাকে তার বাবাইয়া জিজ্ঞাস করল,

- বাবু কেমন ঠান্ডা?

- ঠান্ডা আছে, তবে খুব সাংঘাতিক নয়।

মামমাম তনুশ্রী তো হেঁসেই বাঁচে না ছেলের কথা শুনে, বলেকি ছেলেটা। সকলে টুপি, মাফলার, সোয়েটার,

জাম্পার, জ্যাকেট চাপিয়েও কাঁপছে, আর বাকু বলে কিনা ঠান্ডা তেমন নয়। ওরা সকলে ঠিক করল আজ অল্পসল্প ঘোরাঘুরি করবে। পাহাড়ি পথ। সকলেই খাওয়া দেওয়া সেরে ট্রেকিং শু পরে নিল। এখানে মোটামুটি জঙ্গল। ধীরে ধীরে ওরা সকলে জঙ্গলের কিছুটা ভিতরে গেল। কিন্তু অন্ধকার হয়ে আসছে দেখে ওরা হোটেলে ফিরে এল। সিলেরি গাঁও এ রাত্রি নটায় গভীর রাত মনে হচ্ছে। হোটেলে মাঝে দু একবার লোড শেডিং হল। চারিদিক নিস্তব্ধ। কেমন ভুতুড়ে ভুতুড়ে পরিবেশ। মাঝে মাঝে ভুতুম পেঁচার ডাক, বুপ, বুপ, বুপ। হোটেলের মালিক বলল,

- রাতে কেউ বাইরে বেরোবেন না। বনবিভাগের লোকেরা বলেছেন, পাশের জঙ্গলে একটা রয়েল বেঙ্গল টাইগার দেখা গেছে।

কিছুক্ষণবাদে গুডুদাদারা যখন সকলে খেতে বসেছে তখন হোটেলের একজন কর্মচারী বলল,

- ওই শুনুন বাঘ ডাকছে।

সকলে কান পেতে শুনল, হুম হুম, বুক কাঁপানো হাড় হিম করা ডাক। সকলে খেয়ে দেয়ে হোটেলের ঘরে শুয়ে পড়ল। বাবাইয়া, মামমাম ঘুমিয়ে পড়েছে। শুধু গুডুদাদার চোখে ঘুম নেই। কান পেতে বাঘের ডাক শুনছে। তারপর কখন যে ঘুমিয়ে পড়েছে বুঝতেই পারেনি। গভীর ঘুমে আচ্ছন্ন। গুডুদাদা স্বপ্ন দেখল একটা বাঘ এসেছে ওদের ঘরের কাছে। কি ভাল বাঘটা। ও তাকে জড়িয়ে ধরেছে, আদর করছে। বাঘটা চুপ করে বসে আছে। ঠিক যেন এক বেড়াল ছানা। হঠাৎ মামমামের ডাকে ঘুম ভেঙে যায়। আরে কত বেলা হয়ে গেছে। মামমাম বলল,

- যাবিনা ট্রেকিং করতে? বাবাই কিন্তু তৈরী হয়ে গেছে।

গুড়ুদাদা তাড়াতাড়ি মুখ ধুয়ে দাঁতুমাজু করে ভাল করে জামা জুতো পরে, খেয়ে দেয়ে তৈরী হয়ে যায়। তারপর তিনজন মিলে ট্রেকিং এ বেরিয়ে পড়ল। সবার হাতেই একটা করে লম্বা লাঠি। পাহাড়ি পথ। পায়ে চলা পথ। চারিদিক নিস্তব্ধ। শুধু ঝাউ পাইনের জঙ্গলে শনশন করে উত্তরে হওয়া বয়ে যাচ্ছে। এখানে রডোডেনড্রনের জঙ্গলও আছে। কিন্তু এখন ফুল ফোটেনি। গুড়ুদাদারা হাঁটতে হাঁটতে অনেকদূর চলে আসে। চারিদিক নিস্তব্ধ পাহাড়া। প্রায় দুপুর হয়ে এসেছে। হঠাৎ গুড়ুদাদা বলল,

- বাবাই শুনতে পাচ্ছ, বাঘ ডাকছে, বাবাই, মামমাম দুজনেই শুনতে পাচ্ছো অনেকদূরে বাঘের ডাক।

তনুশ্রী আর বিহারী ঠিক করল আর এগোনো ঠিক হবেনা।
- বাকু চল আমাদের এখন হোটেলে ফিরতে হবে।

ওদের হোটেলে ফিরে আসতে আসতে প্রায় দুটো বেজে যায়। স্নান খাওয়া সারতে সারতে প্রায় তিনটে বেজে যায়।

সেদিন বিকেলে অল্পসল্প ট্রেকিং সেরে সন্ধ্যা সন্ধ্যা হোটেলে ফিরে আসে। রাতে খাওয়া দাওয়া সেরে ঘুমিয়ে পড়ে। পরদিন ওরা গ্যাংটকের উদ্দেশ্যে রওনা দেয়। কয়েকদিন বাদে কলকাতা ফিরে সকাল বেলার কাগজ খুলেই বিহারী উত্তেজিত ভাবে সকলকে ডাকতে থাকে। বলে,

- দেখ বাকু আমরা যেখানে ছিলাম সেখানে সত্যিই বাঘ বেরিয়েছিল। এই দেখ কাগজে বাঘের ছবি বেরিয়েছে।

শুভবাবু, গ্রানী সবাই বাঘের খবরটা পড়ল। গুড়ুদাদা বুক ফুলিয়ে বলল,

- দেখেছ গ্রানী আমরা বাঘের ডাক শুনেছি। এটা চিড়িয়াখানার খাঁচার বাঘ নয়, সত্যিকারের জঙ্গলের বাঘ।

ঢং ঢং দাদা

কোথায় চললে দাদা এত সাজুগুজু করে, গ্রানী জিজ্ঞাসা করে।

- কেন বুঝতে পারছনা? আমি ফুলবাগান যাচ্ছি। একগাল হেঁসে সোনাইদাদা বলল।

- আজ ফিরে আসবে?

- না। কতবার বলেছি ব্যাগ দেখে বুঝে নিতে হবে কবে আসব।

- সে তো তুমি দাদাকে বলেছ, আমাকে তো বলনি। দাদা আমাকে বলেনি। তা তুমি বল।

- শোন যদি খুব বড় ব্যাগ দেখ তবে বুঝবে দুদিনের আগে ফিরবনা। যদি ছোট ব্যাগ হয় তবে পরদিন ফিরব। আর যদি মামমামের ছোট ভ্যানিটি ব্যাগ হয় তবে আজই ফিরব।

বাবাইয়ের গাড়ি করে হুস করে ওরা ফুলবাগান পৌঁছে গেল। ঘরে ঢুকতেই ঢং ঢং দাদার সাথে দেখা। দুজনেই দুজনকে এক গাল হেঁসে অভর্থনা করে।

- এসো দাদা, তোমার জন্যই অপেক্ষা করে আছি। পার্কে যাবে তো? স্লিপ চড়বে তো?

- ওই জন্যই তো এসেছি। আর এই জন্যইতো ঢং ঢং দাদা তুমি এত ভাল।

আসলে শিশুমনের কাছাকাছি যারাই আসবে তারাই শিশুদের খুব প্রিয়।

- ঢং ঢং দাদা তুমি সিনথেসাইজার কখন বাজাবে?

সোনাইদাদা জিজ্ঞাসা করে।

- তুমি বললে এখনি বাজাব।

- তবে বাজাও।

ঢং ঢং দাদা অমনি বাজনা নিয়ে নাতির আবদার রাখে।

কিন্তু সোনাইদাদা নিজের মায়ের বাবাকে দাদু না বলে ঢং ঢং দাদা কেন বলে? আসলে সতীশ বাবু সন্ধ্যের সময় প্রতিদিন সন্ধ্যারতি করেন। তখন উনি ঘন্টা ধবনি করেন। সেটা থেকেই ছোট সোনাইদাদা সতীশ বাবুকে ঢং ঢং দাদা বলতে আরম্ভ করে। রোজ যখন সতীশবাবু সন্ধ্যার সময় আরতি করেন তখন প্রথমে প্রদীপ দিয়ে আরতি করেন। তারপর ঘন্টার ঢং ঢং ধবনি সহযোগে আরতি করেন। আর সোনাইদাদা তখন দুলে দুলে আরতি দেখে। আর তাই থেকেই নামকরণ ঢং ঢং দাদা।

সোনাইদাদা সতীশ বাবুর সঙ্গে পার্কে চলল। দিদিন বলল,

- যাও সোনাইদাদা পার্কে স্লিপ চড়ে এসো।

সোনাইদাদা ঢং ঢং দাদার সাথে পার্কে চলে যায়। সন্ধ্যা সন্ধ্যা সে ও সতীশ বাবু বাড়ি আসেন।

- ঢং ঢং দাদা আরতি করবেনা?

- হ্যাঁ করব তো।

সতীশ বাবু আরতি আরম্ভ করে। সোনাইদাদা নিবিষ্ট মনে দুলে দুলে আরতি দেখতে থাকে। এমনি করে হাঁসি আনন্দে দুই দিন কেটে গেল। মামমাম বলল,

- বাকু আমাদের আজই ফিরতে হবে। বাবাইয়া আসছে নিতে। সোমবার থেকে আবার স্কুল খুলে যাচ্ছে।

বিকাল বিকাল বাবাইয়া গাড়ি নিয়ে এসে গেল। সোনাইদাদা আর মামমাম ক্ষুন্ন মনে বাড়ির দিকে রওনা দিলা।

- দিদিন আবার আসব। ঢং ঢং দাদা ভালোভাবে থেক আর

আরতি করো ঢং ঢং ঢং করো।

আইসক্রিম

- দিদি চল, যাবিনা?

দিদি শুভমিতা তৈরী হয়। এটা তাদের প্রতি শনি ও রবিবারের প্রোগ্রাম। বাবার সঙ্গে ভাই বোনের ঘুরতে যাওয়া। মানে স্টেশন চত্বরে যাওয়া। প্লাটফর্মে কিছুক্ষন বসা। বসে বসে গাড়ি মানে ট্রেনের যাতায়াত দেখা আর কটা ট্রেন দেখল তা গোনা। এই ট্রেন দেখায় যে এত আনন্দ তা ওই ছোট্ট বিহারী আর শুভমিতাকে না দেখলে বোঝাই যেত না। কেউ যদি জিজ্ঞাসা করত,

- কিরে মিতা কোথায় যাচ্ছিস? সে এক গাল হেঁসে বলত
গাড়ি দেখতে।

- আর কিছু নয়?

- আর আইসক্রিম খেতে।

বিহারী আর মিতা সেই সন্ধ্যা না হওয়া পর্যন্ত ট্রেনের
প্লাটফর্মে বাবার সঙ্গে বসে থাকত। এটাই দুটো ছোট্ট
মনের সারা সপ্তাহের অক্সিজেন হিসাবে কাজ করত।

সন্ধ্যা হতে বাবা বলত,

- চল, আমরা এবার যাই।

মিতা উত্তেজিত হয়ে জিজ্ঞাসা করত,

- বাবা, আইসক্রিম?

- হ্যাঁ হ্যাঁ, এবার আমরা আইসক্রিম খাব তারপর বাড়ি যাব।

পায়ে পায়ে তারা আইসক্রিমের দোকানের বেঞ্চে বসত। দোকানী দুটো আইসক্রিম বিহারী আর মিতার হাতে দিত। পরম তৃপ্তি। মৃদু মৃদু হাঁসি ওদের চোখে মুখে। যথেষ্ট সময় নিয়ে তারা আইসক্রিম খেত। তারপর তারা বাড়ি ফিরে যেত। আবার পরের সপ্তাহের জন্য অধীর আগ্রহে অপেক্ষা। এখন দুজনেই প্রাপ্ত বয়স্ক কিন্তু মনের গভীরে এখনো সেই বিরাজময় স্মৃতি আনন্দ দেয়। সেই আইসক্রিমের দোকানে এখনো তারা যায় কিন্তু তাঁদের সন্তানদের নিয়ে।

- বুঝলে সোনাই দাদা গল্প শুনছ তো,

শুভবাবু নাতিকে জিজ্ঞাসা করেন।

- হ্যাঁ হ্যাঁ শুনছি তো, সবেতো দেড় ঘন্টা হয়েছে। এখন আরো দেড় ঘন্টা শুনব।

ঠিক আছে তবে বলি।

টেলিস্কোপ

- বাবা, বাবা আমাকে দুশোটা টাকা দাও,

বিহারী বাবার কাছে বায়না করে।

- কেন? কি করবি টাকা দিয়ে?

শুভবাবু পুত্রকে জিজ্ঞাসা করে।

- আমি টেলিস্কোপ বানাব।

বিহারী বলে।

বিহারী মাঝে মাঝেই নানানরকম ছোটোখাটো যন্ত্রপাতি বানাত। শুভবাবু অবশ্য এসব করতে কখন পুত্রকে বাধা

দেননি বরং উৎসাহই দিতেন, কখন কখন মাসের শেষে পয়সার টান থাকলে বলত,

- মাস পড়ুক দেব।

সে মাসেও একেবারে শেষের দিকেই হবে। পয়সার অসুবিধার কথা ছেলেকে বলল। তখন বিহারীর দিদি শুভমিতা বলল,

- বাবা আমি দিচ্ছি।

টাকা নিয়ে বিহারী দুটো কাঁচের লেন্স কিনল, পাড়ার শিশির কাকুর চশমার দোকান থেকে। বাকি টাকায় কিছু মোটা কাগজ আর আঠা কিনে আনল। শুরু হল টেলিস্কোপ তৈরী করা। কাগজ আর আঠা দিয়ে তিন ফুট লম্বা একটা চোঙ মত বানাল। শুভবাবু বিহারীকে বলল,

- কতদূর হল?

- হচ্ছে বাবা। দু একদিনেই তৈরী হয়ে যাবে।

অবশেষে দিন তিনেকের চেষ্টায় টেলিস্কোপ তৈরী হল। চোঙের দুই দিকে দুটো লেন্স লাগানো হল। এবার শুরু হল চাঁদকে দেখার পালা। সন্ধ্যে বেলায় চাঁদ আকাশে উঠলে বাড়ির ছাদে উঠে চাঁদকে দেখার চেষ্টা হতে থাকল। বিহারী শুভবাবুকেও একদিন বাড়ির ছাদে নিয়ে গিয়ে চাঁদ দেখতে বলল। সত্যিতো হাতে বানানো টেলিস্কোপে পুরো চাঁদ দেখা না গেলেও চাঁদের কিছু অংশ স্পষ্ট দেখা যাচ্ছে। শুভবাবু বললেন,

- বিহারী বাঃ সুন্দর টেলিস্কোপ হয়েছে। খুব ভাল।

বিহারীর মুখটা উজ্জ্বল হয়ে উঠল। কৃতকার্যতার হাঁসিতে ভরে গেল।

গ্রানী

সোনাই দাদা ছোট। সবেমাত্র সে দেড় বছর পূর্ণ করেছে। এখন বাবা, কাকা, মামা, দাদা ছাড়া তার মুখে অন্য কথা ফোটেনি। তার ঠাকুমা, দাদাঠাকুরের তাতেই মহা আনন্দ। ঠাকুমা সুহাসিনী দেবীর তার সোনাই দাদাকে নিয়েই সময় কেটে যায়। তার তখন রান্নায় ভুল হয়ে যায়। কখনও তরকারিতে নুন দেনতো লঙ্কা দেন না। আর কখনও লঙ্কা দেনতো মিষ্টি দিতে ভুলে জান। তা সত্ত্বেও তার আনন্দের কোনো সীমা থাকেনা। তিনি নাতিকে সব কিছুর সাথে পরিচয় করান। এটা মাছ, এই দেখ জলা। এটা কল, এই কল

থেকে জল পড়ে। কিন্তু কাকে বলা। সে কি বোঝে তা সেই জানে। সে সবকিছুতেই বলে বাবা, কাকা, দাদা, ইত্যাদি। সুহাসিনী দেবী রাগ দেখান। বলেন,

- কি সোনা ভাই সব কিছুতেই, দাদা দাদা করছো, একবারতো গ্রানী গ্রানী বল।

যাকে বলা সেই সোনাই দাদা চুপটি করে তাকিয়ে থাকে। কিছুই বলেনা। ঠাকুমা সুহাসিনী দেবী বারবার বলেন,

- বল বল গ্রানী, গ্রানী।

কিন্তু সোনাই দাদা কিছুই বলেনা। চুপটি করে শুধু তাকিয়ে থাকে।

কর্তামশাই ঠাকুরদা এসে বলেন,

- গিন্নী আমাকেও একটু চান্স দাও আমিও একটু কিছু চেনাই।

নাতিকে নিয়ে দুজনের ঝগড়া বেঁধে যায়। বৌমা তনুশ্রী এসে দুজনের মধ্যে মধ্যস্থতা করে। ঝগড়া মেটে। কর্তামশাই সোনাই দাদাকে মনে হয় একদিনেই সবকিছু শিখিয়ে দেবেন।

- ওই দেখ আম, ওই দেখ আমাগাছ। এই দেখ পাখি ইত্যাদি ইত্যাদি।

এদিকে নাতিতো সবকিছুই মুখের মধ্যে পুরে দেয়। বৌমা তনুশ্রী রে রে করে ওঠে। সে শশুর মশাইকে বলে,

- দেখ বাবা তুমি কি শেখাচ্ছ। দেখ তোমার নাতি সবকিছুই মুখে পুরছে। তুমি কিছুই খেয়াল করছনা।

নাতি কিন্তু কিছুই বলেনা। চুপটি করে থাকে। রান্না ফেলে সুহাসিনী দেবী এসে বলেন,

- নেও অনেক হয়েছে। এবার একটু আমার কাছে ছাড়। নাকি শুধু তোমারই নাতি?

সোনাইদাদা চুপটি করেই থাকে। এমনি করে দিন চলে যায়। এখন নাতি তার ঠাকুমাকে ডাকে উঁ উঁ বলে। ইতিমধ্যে তার প্রায় দু বছর হয়েছে। সে কোনটা কি ফল, কোনটা কি সবজি সবই চিনতে পারে কিন্তু নাম উচ্চারণ করেনা। কেবল আম, কলা, আলু ছাড়া। সে এখন তাঁর গ্রাণীকে উঁ উঁ করে ডাকে। সুহাসিনী দেবীর বড়োই দুঃখ তিনি এত চেষ্টা করেছেন কিন্তু নাতি তাকে এখনও গ্রানী বলছেনা। এমনি করে আরও দু একমাস কেটে যায়।

একদিনের কথা। সকালবেলা সোনাইদাদা তাঁর দাদা ঠাকুরের কাছে দোতলায় খেলা করছিল। হঠাৎ সে ডেকে ওঠে,

- গ্রানী গ্রানী।

সুহাসিনী দেবী রান্না ঘরে ছিলেন। তিনিও শুনতে পান। রান্না ফেলে বৌমা তনুশ্রীকে ডাকতে ডাকতে দোতলায় নাতির কাছে চলে যান। বলেন,

- দাদা, কি বলছ?

ইতিমধ্যে সেখানে সোনাই দাদার বাবা মাও পৌঁছে গেছে।

সুহাসিনী দেবী আবার বললেন,

- কি বলছ সোনাই দাদা, কি বলছ?

সোনাই দাদা আধ আধ গলায় বলে,

- গ্রানী, গ্রা... নী।

গ্রানী আনন্দে কেঁদে ফেলেন। নাতিকে জড়িয়ে করে আনন্দাশ্রু ফেলতে ফেলতে চুমু খেতে থাকল। আর বলতে থাকল,

- আমার সোনাই দাদা, এইতো গ্রানী।

দামাল ছেলে

একবার এক কান্ড ঘটেছে। রোহিতের ছোট্ট ছেলে। বয়স তার কত হবে, দুই কিংবা তিন। সবাই বলত ছেলেটি ছোট্ট হলে হবে কি, খুব দুষ্টু হয়েছে। খুবই ছটফটে, দামাল। কিন্তু রোহিত বলত দুষ্টু নয় আমার ছেলে, ও খুবই অনুসন্ধিতসু মনের। সব কিছু জানতে চায়। পরখ করে দেখতে চায়। রোহিতের বাড়িতে ছাদে যাবার কোনো সিঁড়ি ছিলনা।

বাড়ির ছাদে জলছাত করার সময় মিস্ত্রিরা ছাদে ওঠার জন্য একটা মই বানিয়েছিল যা ছোট ছোট বাঁশকে দুটো লম্বা বাঁশে দড়ি বেঁধে বেঁধে বানানো হয়েছিল। মইটা মিস্ত্রিদের

কাজ মিটে গেলেও খুলে ফেলা হয়নি। বাড়ির সকলে ছাদে ওঠার জন্য ওটাই ব্যবহার করত। রোহিত ছাদে কিছু টব রেখেছিল এবং তাতে কিছু ফুলগাছের চর্চা করত। ফলে সে প্রায়শই ছাদে ওই মই বেয়ে ওঠানামা করত। কিন্তু বাচ্চারা যাতে না ওঠে সেদিকে খেয়াল রাখা হত। রোহিতের দামাল ছেলে তা সবাই লক্ষ করত। তার ছোট্টমনে কৌতূহল, সবাই ছাদে ওঠে। ছাদে কি আছে?

সেদিন মা, বৌ সকলে রান্নার কাজে ব্যাস্ত। রোহিতের অফিস যাবার তাড়া, সে খেতে বসেছে। কখন যে ছোট্ট বিহারী খোলা মই বেয়ে ছাদে উঠে গেছে কেউই খেয়াল করেনি। ছোট্ট বিহারী পরম আনন্দে ছাদে ঘুরে বেড়াচ্ছে। কি কান্ড! বাড়ির লোকেরাতো কিছুই জানেনা। কিন্তু সামনের বাড়ির বড়দা বিহারীকে খোলা ছাদে ঘুরে বেড়াচ্ছে দেখে হইচই করে উঠল। রোহিত বা ওর মা বোনেরা প্রথমে কিছুই বুঝতে পারেনি। যখন ব্যাপারটা

বুঝল তখন ভয়ে তাদের হাড় হিম হয়ে গেল। কর্তামশাই মানে বিহারীর দাদামশাই সবাইকে বকাবকি করতে থাকল। রোহিত কারোর কথার দিকে কান না দিয়ে খাওয়া ফেলে রেখে এঁটো হাতে নিঃশব্দে ছাদে উঠে গেল আর পিছন থেকে গিয়ে ছেলেকে কোলে তুলে নিল। সবাই হাঁফ ছেড়ে বাঁচল। রোহিত আস্তে আস্তে মই বেয়েই নিচে নেমে এল। সবাই বলতে থাকল কি দুষ্টু হয়েছে ছেলেটা। রোহিত বলল দুষ্টু নয়, ওর সবকিছুতেই ভীষণ কৌতূহল ও সবকিছু দেখতে চায়।

মাছ ও ঢোরা সাপ

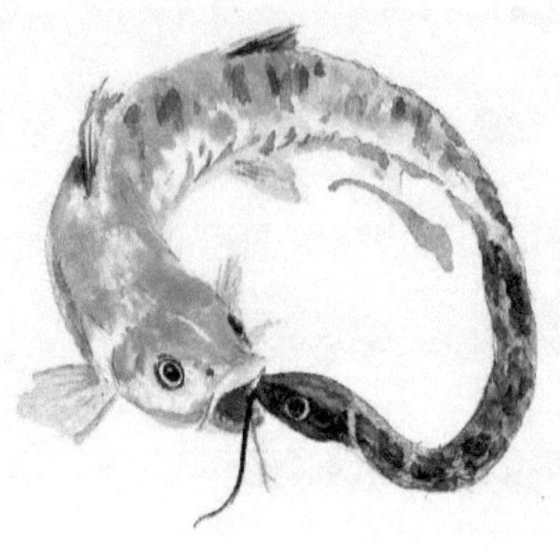

একদিন রনি স্কুল থেকে ফিরছে। রনির বয়স বছর এগারো হবে। সে একাই ফিরছিল। সোজা রাস্তা দিয়েই তার ফেরার কথা। আজ থেকে প্রায় ৬৫-৬৬ বছর আগের কথা। তখন সমস্ত ছাত্রছাত্রীরা একাই স্কুলে যাতায়াত করত। রাস্তাঘাট অবশ্য এখনকার মত বিপদসঙ্কুল ছিলনা। পথে এতধরণের গাড়িও চলত না। গ্রামগঞ্জের পথ অনেকটাই নিরাপদ ছিল। রনি দেখল, রাস্তার পাশে যে নয়নজুলি আছে, সেখানে একটা জটলা। দুর থেকে অবশ্য কিছু বোঝা যাচ্ছেনা। সে একটু এগিয়ে দেখতে গেল। কিন্তু সেতো অবাক কাণ্ড।

সাধারণত সাপে মাছ ধরে। কিন্তু সে দেখলো মাছে সাপ ধরেছে। যদিও সাপটা ঢোরা সাপ ছিল আর ঢোরা সাপ নির্বিষ। কিন্তু যাইহোক সাপ, সাপ ই হয়। সবাই নিরাপদ দুরত্ব থেকেই মজা দেখছিল। সাপটা মাছসহ একবার সামনে যাচ্ছে আর একবার পিছনে আসছে। কিন্তু সাপের মুখ লেঠামাছের মুখ থেকে খুলছে না। সাপটারতো প্রাণ ওষ্ঠাগত। সবাই মজা দেখতে দেখতে একটু আনমনা হয়ে পড়েছিল। হঠাৎ সবাই দেখল সাপের মাথা লেঠামাছের মুখ থেকে খুলে গেছে। সাপ, এত লোকজন দেখে কি করবে বুঝে উঠতে না পেরে সামনের দিকেই এগিয়ে যায়। জমে ওঠা ভিড় হঠাৎ ফাঁকা হয়ে গেল। সবাই যে যেদিকে পারল দৌড় মারল। রনি ছিল একটু পিছনের দিকে। সে কিছু বুঝে উঠতে না পেরে একজায়গায় দাঁড়িয়েই রইল। সাপটা একটু এগিয়ে ডানদিকে ঘুরে হুড়মুড় করে জলে নেমে গেলো। আর মাছটাও লাফাতে লাফাতে জলে চলে গেল। মনে হয় মাছ এবং সাপ দুজনেই মরার হাত থেকে

বাঁচল। রনি একটু পরে সম্বিত ফিরে পেল। "ধুর ছাই"- বলে

বাড়ির পথে এগোল।

বীরত্ব

নীরোর বয়স তখন বছর ছয় হবে। খেলাধুলোই যাদের জীবন। অল্প অল্প পড়াশোনা আর বাকি সময়টা ঠাকুমা দাদু দিদার কাছে গল্প শুনে কটানো। বিকাল হলেই পাড়ার বন্ধুরা, মানে ওরই সমবয়সীরা – শশী, বিন্টু, মহাদেবরা ডাকত খেলার জন্য। খেলা হচ্ছে ছোয়াছুয়ি বা পিট্টু খেলা, মানে কয়েকটা টালি ভাঙ্গা চাকতি উঁচু করে সাজিয়ে রাখা হবে, আর একজন ছোট বল ছুঁড়ে ভাঙ্গবে। আর যেই ভাঙ্গা হবে, দলের অন্যরা পালাতে থাকবে এবং যে বল ছুড়ে ভাঙ্গবে সেই দৌড়ে গিয়ে ওই বলটা দিয়ে কোন

একজনকে আঘাত করার চেষ্টা করবে। সে যখন একজনের পিছনে দৌড়বে তখনি দলের অন্যরা ওই চাকতিগুলোকে সাজাবার চেষ্টা করবে। যদি সাজিয়ে ফেলতে পারে, তবে যে আগে ভেঙেছিল তাকে আবার ওইগুলিকে বল ছুঁড়ে ভাঙতে হবে। আর যদি বল ছুঁড়ে সে কাউকে আঘাত করতে পারে, তবে যাকে আউট করল তাকে ওর কাজটা করতে হবে। সারা বিকেল ওরা এইভাবে দৌড়াদৌড়ি করত। কিন্তু মুশকিল হচ্ছে রোজ নীরোই আউট হয়ে যেত, কারণটা হল ও দৌড়ে পালাতে গিয়ে এক জায়গায় এসে থেমে যেত। কারণ মাঠের মাঝ বরাবর ছিল একটা ফুট দেড়েকের চওড়া নর্দমা। নীরো কিছুতেই ওই নর্দমা লাফিয়ে পার হতে পারতনা। কি মুশকিল যখনই ও ওই নর্দমার কাছে আসত, তখনি বল ছুঁড়ে ওকে আউট করে দিত। একদিনের ঘটনা, নীরো নর্দমার কাছে এসে সাহস করে মারল এক লাফ। আর কি আশ্চর্য, নীরো নর্দমা পার করে ওপারে চলে গেল। বন্ধুরা

অবাক হয়ে দাড়িয়ে ওকে দেখতে থাকল। আর নীরোর মনে হল সে যেন যুদ্ধ জয় করেছে। এমনভাবে একটু দূরে গিয়ে দাড়িয়ে পড়ল। তার এই বীরত্ব চোখেমুখে ফুটে উঠল।

সিনেমা দেখা

দেব,গণেশ আর শ্রীকান্ত অভিন্ন হৃদয়ের বন্ধু। দেব, মানে দেবপ্রকাশ - বাঙালী। গণেশ আর শ্রীকান্ত এলাহাবাদ শহরবাসি। তিনজনেই যুবক, অবিবাহিত এবং কেন্দ্রীয় সরকারি কর্মচারী। ওরা কাজের ফাঁকে ছুটির দিনে এলাহাবাদের বিভিন্ন জায়গায় ঘুরে ফিরে বেড়ায়। কখনও যমুনা পাড় তো কখনও কোম্পানীবাগ। কখনও ছুটির দিনে সাইকেল নিয়ে শহর থেকে দুরে কোথাও চলে যেত। কাজের ফাঁকে দিনগুলো তাদের ভালই কাটছিল। একদিন শনিবার তিনজন ঠিক করল রাতের শোয়ে সিনেমা

দেখতে যাবে। সেইমত রাত সাড়ে আটটা নাগাদ গণেশ আর শ্রীকান্ত সাইকেল নিয়ে দেবপ্রকাশের বাড়িতে চলে এল।

হিউয়েট রোডে সিনেমা হল নিরানজন। দেবপ্রকাশের বাড়ি থেকে একটু কাছাকাছি হবে। মানে হাফ কিলোমিটার। স্থির হলো সাইকেল নিয়েই যাবে। ফেরার সময় যে যার মতো বাড়ি চলে যাবে। গণেশ তার বাড়ি থেকে মায়ের বানানো রুটি, আচার আর সবজি নিয়ে এসেছিল। তিনজনে খেয়েদেয়ে পৌনে নটা নাগাদ সাইকেল নিয়ে রওনা দিলো। গণেশ বলল,

- দেব সাইকেল চালাতে পারবিতো?

-হ্যা পারব।

-না না, তুইতো নতুন শিখেছিস, তাই বলছি, - শ্রীকান্ত বলল।

তিনজনে সাইকেল নিয়ে চলল। কিছুদূর যাওয়ার পর সর্টকাট করার জন্য মেইন রোডের বাঁদিকের একটা ছোট রাস্তা ধরে চলল। এই সময় হঠাৎ লোড শেডিং। সামনে কিছুই দেখা যাচ্ছেনা। গণেশ আর শ্রীকান্ত সাইকেল ভালই চালায়, ওরা এগিয়ে গেছে। কিন্তু দেব একটু পিছিয়ে পড়েছে। আর একটু যাওয়ার পর হঠাৎ দেবের সাইকেল থেমে গেল, অথচ সাইকেলটা দিব্যি দাড়িয়ে আছে। দেব পড়েও যাচ্ছেনা। প্যাডেল করছে জোরে তবুও এগোচ্ছেনা। কি হলো ব্যাপারটা। সামনে নিকশ কালো অন্ধকার। ওদিকে গণেশ হাক মারে,

- আরে কি হলো দেব?

- আমার সাইকেলে প্যাডেল মারছি তাও এগোচ্ছেনা।

তাই হয় নাকি - বলে ওরা দুজনেই সাইকেল নিয়ে পিছিয়ে এলো। ওদের হাতে টর্চ ছিল। টর্চ জ্বালাতেই দেব দেখল তার সাইকেলের সামনের চাকা একটা দাড়িয়ে থাকা

মোষের পিছনের দুই পায়ের ফাকে। দেখেই দেব তড়াক করে মারল লাফ। ওরা তো হেসেই বাঁচেনা। গণেশ সাইকেলটা আস্তে করে সরিয়ে নিয়ে এল। কিন্তু এত কান্ডের পরেও মোষ নির্বিকারভাবে যাবর কেটে যাচ্ছে। যাইহোক, তারপর ওরা তিনজনে সাইকেল নিয়ে হেঁটে হেঁটেই সিনেমা হল পৌঁছায়। কিন্তু সিনেমা দেখবে কি তিনজনেই যত ভাবছে ততই হাসছে। সিনেমা যে কি দেখল তা ভগবানই জানে।